JN135416

ハルは、じいっと見つめていた。
母が長めに編み上げた、まだできたてのマフラーを。

きれいに連なる、くさび模様。

でも、裏返すと、デコボコ、ガタガタ。
ところどころ、毛糸がいびつに絡まっている。

「そう、裏側が気になるの。ヘタッピだもんね」

ハルは、横に大きく首を振る。
続けて、母はつぶやいた。

「表のきれいなところだけ、あげられたらいいのにね」

さいごの散歩道

文 長嶺超輝　絵 夜久かおり

つり革が揺れ、列車は駆ける。
次々と、景色を置いてけぼりにして。

流れる木々のすきまから、車内へ差し込む陽の光。
カメラのフラッシュみたいに、チカチカと瞬いて、
しわくちゃの笑顔を撫でていく。

車いすの母に、ハルは前かがみで声をかける。
「楽しいな。よかったな」

ついさっきまで、車窓に夢中だった母が
今は、何かにおびえるように、
肩をすぼめて、耳をふさいで、
小刻みに身を震わせる。

「カミナリ……。怖い」

窓の外には、雲ひとつない冬の青空。

「そうか。怖いよな。大丈夫、大丈夫」
皺いっぱいの両の手を、ハルは包みこむように握る。

「母さん、気のせいだったらいいのにな、カミナリ」

母を世話するときだけ、ハルは自分の存在を確かめることができた。

「すみません、落ちましたよ、それ」

声をかけてきた、ひとりの乗客。
床に落ちた1枚のタオルを、革靴の先でつついている。

ここ10年、母が大事にしてきたタオルだ。
原型をとどめないほど引き破れ、
元の色がわからないほどくすんでいる。

ハルは乗客に礼を言い、タオルを拾い、母の右手に掴ませた。

母の中に鳴るカミナリが止むまで、その手を握り続けるハル。

「もう大丈夫。ありがとうね」

母は顔を上げ、照れながらハルの瞳を見つめて言った。

「ねえ、どこか連れてって」

母は自分の息子を、亡くした夫と勘違いしているときがある。
その異変にも、ハルは気づいていた。

「今、連れてってるよ。一緒に行こう」

終点の駅名がアナウンスされた。

幾重にも連なる人の壁をかすめるように、電車がホームへ滑り込んでいく。

にぎやかな場が好きな母のため、
ハルは電車賃を使い、ここまでやってきた。

昼下がり、川沿いの道幅いっぱいに広がる人波。
路上で差し出されるポケットティッシュを、通行人が次々とよけていく。
お互いに関わり合わないことで形づくられる平穏なにぎわいの中に、
ハルは居心地のよさを感じていた。

川面と青空を背景に迎え、
屈託のない母の笑顔を携帯電話で撮影する。

そば屋が見えてきた。
ハルが幼い頃、父と母と3人で来たことがある店。

座敷で走り回り、他のお客さんの席にぶつかって転び、
「やめなさい、迷惑だろ」
父に厳しく叱られたことを、ハルは思い出した。

「懐かしい」とつぶやく母。
人の名前を覚えられなくなっても、このそば屋のことを覚えていたようだ。

久しぶりに思い出を共有できたことに、ハルは心を躍らせた。

だが、ハルはそば屋に入らず、黙って、また車いすを押し始めた。

母も、何も言わなかった。

目に付いたコンビニで、ハルはおにぎりをひとつ買う。
母は、包みのビニールフィルムごと、
むしゃむしゃと食べ始めた。

ハルは母の口からおにぎりを戻し、ビニールを剥いで手渡す。

おにぎりを頬張る母に、水筒の水を飲ませる。
食事が終わると、公園のトイレでおむつを替えた。

夕さりに、星ひとつ。
見えるものすべてが、闇へ沈み始めていた。

「次は、どこに行きたい？」

「おうちの近くがいい」

母の望みに応えて、車いすの向きを変え、駅へ戻る。
ハルはくちびるを嚙みしめ、ハンドルを、より強く握りしめた。

信号待ちの横断歩道。
震える手を懸命に動かし、マフラーを外した母は、
振り返って、ハルの首に巻き直した。

「ありがとう、母さん」

「好き？　わたしのこと」

母は笑って尋ねる。

電車で引き返し、ふたりは、なじみの街(まち)へ戻ってきた。
もう、家へは帰れない。

「ここ、どこ?」
「帰ってきたよ」

足元が見えない河川敷、ゆっくりと歩みを進める。
住宅街の灯りが、水面でキラキラと揺れている。

「のどが渇いた」と繰り返す母。
やせた財布を取り出したハルは、
河川敷の脇にある自販機で、温かいお茶をひとつ買う。

しばらくすると、川の向こう岸に、ひときわ高い樹が見えてきた。
漆黒のシルエットが、街灯の光で浮かび上がっている。

「母さん、あれじゃないか？　あの樹を、ずっと探してたんだろ」
ハルは身をかがめ、大樹を指さしながら、話しかける。

母の頬を、一筋の涙がつたう。

遠回りして、橋をわたり、大樹のほうへ引き返す。

くたびれた表情で、母はおんぶをせがんだ。
ひどい空腹で、もはや身体のふんばりが効かなかったが、
ハルは母を背負い、ゆっくりと歩き出す。

母の腕が首に絡まり、白い息が首筋を撫でる。

幼いころは逆の立場だったなと、ハルは思い返していた。

大樹の下、
　ふたり並んで河川敷の草の上に腰かける。

ハルの父と母は若い頃、
　ここで川の流れを眺めながら
　長い時間を過ごしたという。

ハルの腕の中で、母はボロボロになったタオルを摘(つ)まみ、
手元で細かく動かしている。
それはまるで、何かを編んでいるようなしぐさにも見える。

母は「寒い、寒い」と、つぶやく。
ハルは服の下に入れていたカイロをすべて、母の懐(ふところ)に入れた。

鈍(にび)色の夜空を、一筋(すじ)のほうき星が滑(すべ)り落ち、すぐに見えなくなった。

ハルは目を覚ます。

いつの間にか自分が眠りについていたことに気づく。
まだ、夜は明けていない。

川のほうから、母のわめき声が聞こえる。
ハルは慌てて、土手を駆け下りる。
暗がりで水しぶきの上がる音を頼りに、母を捕まえ、
身を刺すように凍える川から、岸へ連れ戻す。

やせ細る両足をハンカチで拭き、必死に手でこすって温める。

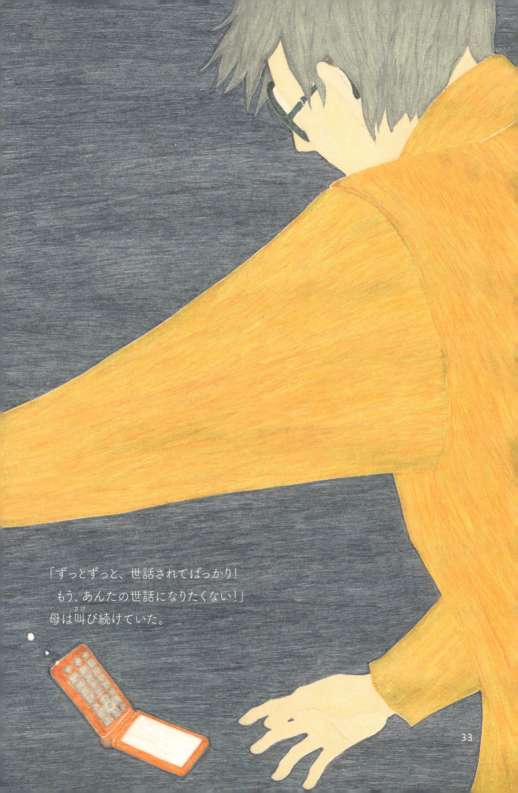

昨日から、のどの奥でずっと引っかかっていた言葉が、
ついにあふれ出る。

「もう……終わりなんだ。もう終わり」

ハルは、財布をひっくり返し、
枯れ草の上に落ちた2枚の小さな硬貨を、母の右手に握らせた。

「ごめん。もう、あげられるものがなくなった」
ハルは、しゃがみこんで、深々と頭を下げたまま、言葉を絞り出す。

「いろんなことを教えてくれて、たくさん叱ってくれて……
　だから、母さんに少しでも返さなきゃって、頑張ってきたんだけど、
　情けない。ほんと、情けない」

「泣かなくていい。これからも、ハルと一緒。
　もう、頑張らなくていい」
そう言うと、母はハルの頭をそっと撫でた。

「今まで、よくやった。ありがとうね」

「こっちに来なさい、こっちに」
ハルの額と、母の額が、コツンとぶつかる。

「ハル、あなたは、わたしの子。
　あなたが死ねないなら、わたしがやる」

母は、息子の首に手をかけた。

しかし、ハルは抵抗もせず、
ただただ静かに、涙を流すばかりだった。
母の力が、あまりにも弱々しかったからだ。

首にかかった細い手をほどいたハルの目には、
母の精一杯の笑顔が大きくゆがんで見えていた。

コンクリートと鉄格子に囲まれた小部屋、
ハルは自分の両手を見つめながら座っている。

この手で母を介護し、この手で母を殺めた。

こんなはずじゃなかった。
今ごろ、母と一緒にこの世界からいなくなっているはずだった。

刑事の取調べは厳しい。
「こうなる前に、どうして誰かに助けを求めなかったんだ」
　いくら正直に答えても、ハルの言葉は疑われる。

ただ、無理もないとハルは受け入れていた。
「子の親殺し」など、許されるはずがないのだから。

どの時点まで巻き戻し、どこからやり直せば、
母は幸せに生きられたのだろう。

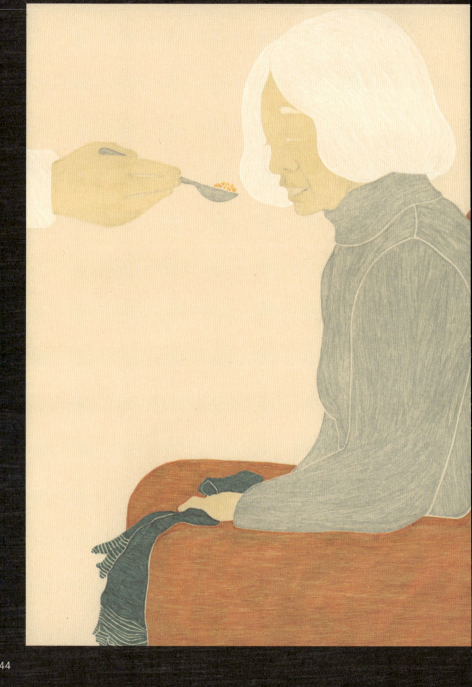

ハルにとって、母の介護は、辛くはなかった。
老いて変わってしまった母を、かわいらしいと思っていた。

母の認知症はひどくなる一方だった。

子どもは育っていき、やがて、親から離れていく。
成長の喜びがある。

しかし、親の介護には、終わりが見えない。
世話を重ねれば重ねるほど、
　相手は少しずつ衰えていく。

母は突然、「天井裏にキツネがいる」と
騒ぎ出すことがあった。

真夜中に布団から抜け出して、
外を出歩くことも増えていた。
まるで、何かを探し求めるかのように。

まわりの人や警察に迷惑がかからないよう、
ハルは母と同じ布団に入り、
その肩を抱くようにして寝るようになった。

やがて、母は昼間にも徘徊を始めるようになった。

デイサービスも、ただではない。
毎日任せるわけにいかない。
それに、よその人たちが立派に介護している様子を直視できず、
引け目を感じていた。

ハルは仕事を辞め、
母の介護と掛け持ちができる、新しい仕事を探した。

そう都合よくは見つからない。
仕事を探している間、一時的にお金の面で助けてほしいと、
区役所へ相談したこともあった。

「でも、あなたは働けるでしょう。働いてください」

支援の扉を閉ざされ、
ハルには、言いようのない絶望と同時に、
胸のつかえが下りる感覚もあった。

ハルにはもう、どうすることもできなかった。

部屋のカーテンは、昼間も閉めたまま。
玄関のチャイムが鳴っても、息をひそめ、居留守を使った。

自分の食事を、2日に一度に切り詰め、母に優先して食べさせた。
吐き出され、「まずい」と文句を言われても、
黙って母の食事を作り続けた。

生活費が足りない。
ついに、家賃も払えなくなっていた。

大家さんの好意で、すでに家賃は半額にしてもらっていた。
親戚に頭を下げ、まとまったお金も借りている。
これ以上、迷惑をかけたくなかった。

「そうですね。迷惑はかけたくないですね」

弁護士の言葉に、ハルは静かにうなずく。

「今まで、辛かったでしょう。わたしには、迷惑をかけていいんですよ。
　わたしだって、あなたに迷惑をかけるかもしれません」

ハルは弁護士から、罪が軽くなる可能性を告げられていた。
母は、自身の死を受け入れていたためである。
「承諾殺人」という、奇異な語感が胸中にこだまする。

だが、罪が軽くなることなど、ハルは望んでいなかった。

桜の季節、裁判所での初公判。

取調室でハルが話した一言一句を、検察官が朗々と読み上げる。

ハルは目を閉じ、法廷に響く言葉のひとつひとつを噛みしめながら、
母と過ごした日々をたどっていた。

担当のケアマネジャーが、証人として裁判官に訴える。
「そこまで追い詰められているなんて、気づきませんでした。
　危機的な状況にあるなら、力になることができました……。
　もっと相談してほしかったです」
ハルは最後まで、ケアマネジャーと目を合わせなかった。

裁判長に命じられ、ハルは証言台の椅子に腰かける。
弁護人の質問に対し、嘘偽りなく、自分を飾ることもなく、ハルは答え続ける。

「私は母を殺しました。間違いありません。
　そして、一日でも長く、母と過ごしたかった。
　その気持ちにも偽りはありません」

「許されないことですが、もう一度、母の子に生まれたいです」

声を振り絞り、ひたすら自分の思いを伝えた。

「困ったときに、国や他人を頼るのが、なぜ恥ずかしいんですか。
　生きていれば、誰かを頼るのが当然でしょう」

厳しい口調で、検察官が正しく問い詰める。
まるで、これまでのハルの努力が間違っていたと、なじるかのように感じた。

打ちのめされそうな心を奮い起こし、ハルは検察官の問いに返答する。
「他人様に何かをお願いするのは、情けないです。辛いです」

「お金がないし、時間もないし、何もお返しできるものがなかった。
　この自分には、母の介護しかありませんでした」

2カ月が経ち、判決公判が開かれた。
壇上の裁判長が、声を張り、判決文を読み上げる。

「主文、被告人を、懲役2年6月に処する」

法廷の中央に起立しながら、ハルは激しい戸惑いと苛立ちをおぼえた。
たった2年半。そんなもので償える罪ではないと。

この主文には続きがあった。

「この裁判確定の日から3年間、その刑の執行を猶予する」

裁判長の宣言を聞いた途端、ハルの意識は遠のきそうになった。

背後の傍聴席が、にわかに騒々しくなる。
振り返れない。身動きひとつ取れない。

裁判長は、淡々とした口調で、判決理由を読み上げる。

「被告人に、生命の尊さへの理解が欠けていたとは言い切れない」

「被告人は、生活保護など行政の援助を受けられず、
　心身ともに疲労困憊となっていた。
　その苦しみや絶望感は言い尽くせない」

「本件の被害者は、被告人から献身的な介護を受け、
　最後は思い出の場所を案内してもらった事実がある」

「感謝こそすれ、決して恨みなど抱かず、
　厳罰も望んでいないだろう」

「本件で裁かれているのは、被告人だけではない。
社会全体の問題だと認識すべきだ。
介護保険制度や、生活保護行政のあり方も問われている」

判決文の書面から目を離し、さらに裁判長は語りかける。

「有罪ですが、執行猶予の判決です。今すぐ刑務所に入ることはありません。この裁判が終わり次第、あなたは釈放されます」

「絶対に自分を殺めることのないよう、
　お母さんのためにも、幸せに生きてください」

ハルは懸命に仕事を探した。
遠い街で、ようやく新たな居場所を得た。

住み慣れた故郷を離れ、ただひたすらに働き続けた。

初めての給料日、ひさしぶりに電源を入れた携帯電話。
ずっと払えなかった料金を、やっとのことで精算できた。

携帯電話の中には、見覚えのない写真。
ハルの寝顔ばかりが数十枚。

撮影されたその日付は、母と過ごした最後の夜。

理解のある社長の下で、ハルは、一心不乱に働き続けた。

周囲には、明るく笑顔で振る舞った。

部屋でジッとしていると、
重たい記憶に身も心も押しつぶされそうで、息が詰まる。

ハルは大好きな山登りや渓流釣りを、
ぞんぶんに楽しんだ。
趣味で出歩くのは、何年ぶりだろう。

忘れたくても、思い出してしまうことがある。
忘れたくないのに、思い出せなくなることもある。

もはや巻き戻せない過去を惜しみ、悔やみ、
途方に暮れても、また夜は明ける。

新しい人生をつくろうと、ハルは歩み続けた。
少しずつ、少しずつ。

『この物語は、実話を基にしたフィクションです』

01 どうすればよかったのか？　介護離職防止コンサルタント 倉澤篤史さん

　私は、ケアマネジャーから転身し、家族の介護のために仕事を辞めなければならない方、すなわち会社から介護離職者を減らすための活動を続けています。
　今では日本全国に約10万人の介護離職者がいるといわれています。ハルはまさに、母親を世話する時間を確保するために、仕事を辞めざるをえなくなった介護離職者です。そのために、収入の途が断たれてしまい、母親の年金だけで暮らすしかなくなったのです。

ケアマネジャーの責任は重い

　ハルは、お母さんの介護で辛くなったとき、ケアマネジャーには相談していたのでしょう。しかし、十分な助言を得られなかったのでしょうね。それで、ケアマネジャーに話すのも面倒になり、心を開かなくなって居留守を使うようになったと思います。同じ介護職として憤りを感じてしまいます。
　ハルは法廷で最後まで、ケアマネジャーと目を合わせられなかった……という場面は重たいですね。内心「お前に何がわかんねん」という気持ちもあったのでしょう。
　「介護サービスを受けさせてほしい」と、本人が意思を示さなくても、他の発言や態度、身体を動かす様子、自宅や周囲の状況などから、介護サービスの必要性にいち早く気づくよう、ケアマネジャー研修のみならなず介護職員研修でも、訓練を受けているはずなのです。

介護サービスさえ受けられれば、ハルは復職できた

　介護サービスは基本的に日常生活を、ホームヘルパーや介護福祉士・医師・看護師等が関わり、介護と医療の組合せの広範囲な領域から支援します。自宅から通う介護サービス（通所介護）のうち、「デイケア」と呼ばれるものは、医療を含むリハビリを施す介護で、今残っている力を最大限に引き出し、できるだけ快適に生活を送れるよう、身体の機能回復をサポートします。
　「デイサービス」はデイケアのように機能訓練（2018年改定）を行うことになりましたが、基本的にはレクリエーション（休養・娯楽）を重視しています。昼間は仕事や家事などに追われてしまうご家族には有効です。また、介護まで手が

回らないご家族の代わりに介護保険以外でも様々な支援サービスがあります。

介護の内容は、お金のかけ方によって差が生じるのも現実です。

高額の料金を支払えば、充実した豪華な自費サービスを受けられることもありますが、低所得者の方には公的扶助など社会保障制度もありそれで必要十分なサービスを受けられます。ちなみに介護保険を使うには、本人や家族が、地元の市区町村の高齢課・福祉課に申請すればよく、ハルのご家庭のような所得者であれば、1割負担となります。1万円の介護サービスを、1000円支払えば利用できることになります。低所得者の場合は1割以下になります。

最終的には生活保護

しかし、ハルは「その1000円が支払えない」という極貧状況だったとも考えられます。そうなれば、生活保護を受けるのが一番です。月に12〜13万円が支給されるほか、医療費や介護も無料で受けられるようになります。

生活保護は、個人でなく「世帯」単位で給付されます。ハルは、お母さんと合わせて2人で1世帯として、生活保護の対象にすべきかが審査されたため、役所から「ハルはまだ働いて収入を得られる」と判断され、生活保護が認められなかったのかもしれません。

そこで、行政窓口に生活保護申請と「世帯分離」の相談を同時に行います。つまり、ハルを別の世帯として切り離し、お母さんだけを生活保護の対象に入れるのです。世帯分離さえ認められれば、生活保護を受けられる可能性は大幅に高まったでしょう。世帯分離をすると、お母さんとハルの同居は難しくなりますが、条件付きで同居が認められる場合もあります。たとえ同居が認められなくても、ハルは近所に移り住むことはできます。お母さんは無料でデイケアやデイサービスを受けて、ハルは昼間の仕事に戻れて、生活費も確保できたはずです。

こうした手続きも、ケアマネジャーが適切にアドバイスすべきでした。

この本をお読みの皆さんには、「人間は必ず老いていき、誰かの手を借りなければならない」という、自然の摂理に対して、改めて認識を強めていただきたいと思います。介護は、される側もする側も、人生にとって特別なシーンではないのです。

倉澤篤史

群馬県出身、立命館大学卒業。企業の介護離職防止コンサルタント。2000年介護会社設立、ホームヘルパーとケアマネジャーの経験を活かし企業向け「介護離職防止環境支援システム」を開発。座右の銘、一燈照隅。

02　どうすればよかったのか？
臨床心理士
伊藤秀成さん

「介護しない勇気」が必要な場面

　ハルは、本来は悪人でないでしょう。しかし、人を殺そうとした時点で、誰もが心理的に正常ではなくなっています。それだけに、やりきれない思いが募ります。

　約4年間、母親の介護をひとりで引き受けてきたわけですが、裏を返せば、介護以外のことを何もできなかったはずです。母親のために、自分の人生の一部を削って捧げてきたのでしょう。

　認知症を軽く考えてはいけません。文字通り「人が変わってしまう」と考えるべきです。地球上の動物の中で、弱った仲間を介護するのは人間だけです。本来は不自然であり、非常に負担が重い行為です。

　よって「介護をしない勇気」「できないことをできないと認める勇気」が大切となります。恥をかくことを怖がっていると、この勇気を出しづらくなります。

　もちろん、世の中にはひとりで仕事も介護も家事も、テキパキとこなせる人はいるでしょう。しかし、そのような手際のいい人を基準に考えては、「できない人」にとって酷です。

　人生で引き受けられる「荷物」の量は決まっていて、個人差があるのです。そして、社会システムが複雑化すればするほど、人生の「荷物」をあまり多く持てない人が生きづらくなっているように感じます。

「押しつけられた」と感じさせない働きかけ

　ここは他者が介入して「ご自分だけで抱え込まないで、ホームヘルパーを付けましょう」と説得すべき局面でした。

　われわれ臨床心理士は「動機付け面接法」という手法を用います。相手方の心に響きやすいよう、本人の意思を尊重しつつ、現状の課題とその解決法に気づいてもらい、意思や行動を変えてもらうよう働きかけます。

　この働きかけを行うカウンセリングも、「誰かに言われて、やらされている」と感じさせず、自分の意思で受けていると意識させなければなりません。

　ハルの場合であれば、まずは介護疲れをねぎらい「あなたが楽になる方法、お母さんにとってよりよいやり方を一緒に考えたい」と切り出してから、対話を重ね、ヘルパーに関する制度を簡潔に説明し、ヘルパーの活用をご自身で決心して

もらいます。動機付け面接法では、「押しつけられた」と感じさせないよう、本人の主体性を尊重して働きかけるので、とても難しいです。

自信を失うと、かえって他人を頼れなくなりやすい

　そもそも「他人に迷惑をかけない」という日本人の美徳は、独善的な面もあります。

人は誰も、ひとりで生きられません。何をもって「迷惑」と呼ぶかにもよりますが、他人に一切迷惑をかけずに生きられる人はいません。

　なのに、困って追い詰められたときに、「頼み事をしたら迷惑だろうか」と思い悩み、誰かに頭を下げられない人は、すでに自信を失っていて、心の中の「自己肯定感」が下がっているかもしれません。

　周りの他者が自分よりも上に見えてしまう。悩んでる顔を他人に見せて、気まずい雰囲気にしたくない。自分よりもっと大変な人もいるのだろうから、もっと頑張らなければならない。助けを求めて、もし無視されたり、逆に叱責や非難を受けたりすれば、絶望が確定的になってしまう。……そういった心配をし、平気なふりをして誰も頼れなくなってしまったのでしょうか。

　しかし、ひとりで悩みを抱え込んでしまった結果、殺人という「さらに大きな迷惑」をかけてしまったのも事実です。

　専門業者と契約をしてお金さえ払えば、たいていの問題を解決できる、現代社会の便利さに慣れていると、お金が底をついたときに途方に暮れてしまいます。身近な他者からの支援を受ける力、いわば「受援力」が必要となる場面です。

　学校の勉強がわからなければ、先生や同級生に尋ねる。具合が悪くなったら、病院に行く。そのように、幼少期から「困ったらどっかの誰かが助けてくれた」体験を積むことが、「受援力」を育む上で大切なことだと考えています。

伊藤秀成
臨床心理士。岬美由紀に憧れ、臨床心理士を志す。大学院修了後、クリニック、精神科閉鎖病棟、精神保健福祉センター等で心理臨床に携わる。現在は公的機関で無業者支援に従事。著書に『ひきこもり・ニートが幸せになるたった一つの方法』（雷鳥社）など。趣味はマンガ。

03 どうすればよかったのか？
介護福祉系弁護士 外岡潤さん

　被告人となった男性・ハルは、事件に至らないためにどうすればよかったのでしょうか。介護しながらでもできる職を探したが見つからず、失業保険が切れた後は生活保護を申請しました。ところが役所からは「まだ働けるから」と断られてしまいました。その絶望感から、男性は未来が見えなくなり母親を手にかけるまで追い詰められてしまったのではないでしょうか。

他人ごとではない「セーフティーネットの欠如」

　本件は現代高齢社会における悲劇ともいうべき痛ましい事件ですが、一方でこの国で暮らす私たちすべてに、他人事とはいえない深刻な問題を突きつけています。それは一言でいえば、経済面・精神面における社会的セーフティーネットの欠如です。

　過去の裁判例では、稼働能力があり真面目に職探しをしていれば、誰でも生活保護を受給する権利があると認められています。そのような知識を残念ながら通常、一般の人は有していません。

　役所の担当者は、「何とかして受給させられないか」という観点から、目の前の困り果てた男性に手を差し伸べるべきだったのではないでしょうか。或いは、地域の民生委員や社会福祉協議会、地域包括支援センター等、相談に乗ることができる機関は複数あったはずです。

せっかくの制度を「絵に描いた餅」にしては意味がない

　生活困窮者自立支援制度という救済策もあります。この制度は、2015年に始まったしくみであり、生活に行き詰まって困りごとや不安を抱えている住民に対して、都道府県庁や市区役所、町村役場といった地域の窓口にいる専門の支援員が、相談に乗りながら具体的な支援プランを組み立てていくものです。
家計の収支を「見える化」して、早期の生活の立て直しを促す『家計相談支援事業』や、6カ月～1年間にわたって、他人とのコミュニケーション能力を高めていくサポートなど、会社で働くための基礎的な力を育てていく『就労訓練・就労支援準備事業』などの取り組みがあります。

　介護のために仕事を辞めなければならず、そのせいで収入が断たれて住居を失

うおそれが高いのであれば、再就職に向けた活動を続けることを条件として、一定の期間にわたって家賃に相当する額が支給される『住宅確保給付金』を受ける選択肢もありました。

　しかし、どれだけセーフティーネットを形の上で充実させようと、それをつかさどり現実に適用していく者（＝役所）に、真にこれを必要とする人を積極的に救済していこうという信念がなければ意味がありません。そのような立場にある者の「使命感」と言い換えることもできます。

「自分の身にも降りかかる」可能性への想像力を持ちたい

　困窮者の境遇を「我がこと」として共に分かち合い、寄り添おうとする意識が社会全体に希薄化しているとしたら、これはセーフティーネットの欠如以外の何物でもありません。役所をはじめとして私たち全員に、互いに助け合い、支え合うという連帯の意識について省みる稀有な機会を、この事件は与えてくれているといえるでしょう。

　日本国憲法第25条は、「すべての国民は健康で文化的な生活を営む権利を有する」と定めています。これは文字通り「すべて」の人を指しているからこそ意味があるのです。

　人はすべからく老いから、死から逃れることはできません。人の身体と生命は驚くほど儚く脆いものです。誰しもが、介護や保護なしでは生きていけない状況となる可能性があるのです。

　「困ったときはお互い様」というシンプルな言葉がありますが、まずその精神を私たち一人一人が取り戻すことから、真のセーフティーネットの構築に取り組んでいきたいものです。

外岡潤

弁護士。東京大学法学部卒業。企業系法律事務所を経て、2009年に出張型介護・福祉系専門の「法律事務所おかげさま」を開業。同年、ホームヘルパー2級を取得。学生時代から趣味として続けている日本伝統の手品「和妻」や日本舞踊のショーを披露しながら、全国の介護・福祉施設を訪問し続けている。

著者紹介

長嶺超輝／文

フリーランスライター。長崎県生まれ。大学卒業後に弁護士を目指すも、後に断念して現職。法律や政治、経済などをテーマとする取材や執筆を中心に行う。本書は、2007年のデビュー著書『裁判官の爆笑お言葉集』（幻冬舎新書）において、読者から最も反響の大きかった事件を採り上げ、絵本として転成させたもの。

夜久かおり／絵

熊本県出身。東京都在住。印刷会社勤務を経て、現在フリーランス・イラストレーターとして活動中。ボールペンを用いて、イラストレーションを制作している。主な仕事に、装幀画や文芸誌の挿絵など。今回はじめて、絵本制作に携わる。

スペシャルサンクス

青悦佳世／朝日秀和／飯塚祐輝／石井正則／院卒フリーター伊藤／上村武男／岡田勝彦／奥野由美／小沢春樹／小野田智哉／オバタカズユキ／かとうあかね／加藤あみな／河内堅英／川上唯／工藤悠花／久保田昭洋／熊谷篤幸／V(-￥-)V ごとうさとき／坂本直樹／三本木雄太／柴田郁恵／陳内秀樹・桂子／神保和子／髙野雅裕＠八ヶ岳麓より／堤憲治／勅使河原通子／ドンハマ★／中塚高江／西澤一浩／橋本滋幸／長谷川孝幸／盛島和宏／八ツ橋哲也／asako／aso／Jiru Kajima／okujun／Tatsuya.Ichiki

さいごの散歩道

2019年3月31日　第1刷発行

文　　長嶺超輝
絵　　夜久かおり

装　丁　　梅垣陽子
協　力　　ニジノ絵本屋
　　　　　倉澤篤史　伊藤秀成　外岡潤
編　集　　望月竜馬
発行者　　安在美佐緒
発行所　　雷鳥社
　　　　　〒167-0043　東京都杉並区上荻2-4-12
　　　　　[TEL] 03-5303-9766　[FAX] 03-5303-9567
　　　　　[MAIL] info@raichosha.co.jp
　　　　　[HP] http://www.raichosha.co.jp/
　　　　　[郵便振替] 00110-9-97086
印刷・製本　シナノ印刷株式会社

80P ／ 210mm x 148mm
ISBN978-4-8441-3753-5　C0093

©Masaki Nagamine / Kaori Yaku / Raichosha 2019　Printed in Japan

定価はカバーに表示してあります。
本書の写真および記事の無断転写・複写をお断りいたします。
著作権者、出版社の権利侵害となります。
万一、乱丁・落丁がありました場合はお取り替えいたします。